Boris TZAPRENKO

Il sera...

AU SUJET
DE SYMBIOSE

AVERTISSEMENT :

Loin de se prétendre exhaustif, cet ouvrage ne donne que quelques
explications et informations au sujet de Symbiose.

Il est cependant recommandé de ne pas en prendre
connaissance avant la lecture de
« Il sera... IV SYMBIOSE »

http://ilsera.com

v1

Remerciements

Toute ma reconnaissance à :

Harald BENOLIEL
Serge BERTORELLO
Lotta BONDE
Nathalie FLEURET
Jacques GISPERT
Bernard POTET

Présentation

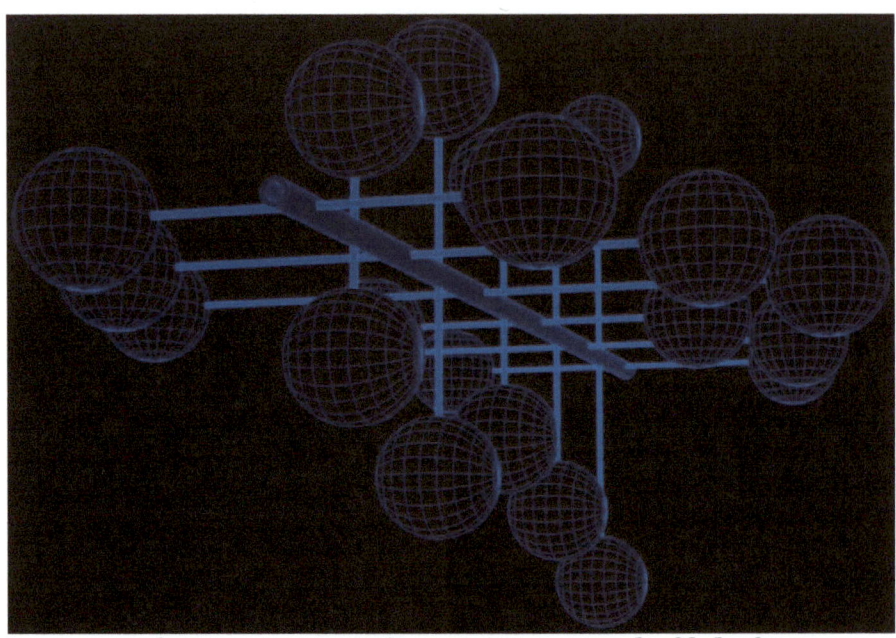

Ci-dessus, une représentation en mode fil de fer.
Ci-dessous près de Jupiter.

Formes et dimensions

Afin de parler plus aisément de Symbiose, nous donnerons dans ce qui suit des couleurs et des noms arbitraires à ses principales parties :

Figure 1. Le grand tube marron sera appelé le « tronc ». Les tubes violets reliés aux sphères seront les branches. Rappelons que ces couleurs ne sont pas véritablement celles de Symbiose. Ce dernier ne réfléchissant aucune onde électromagnétique, il apparaîtrait entièrement noir.

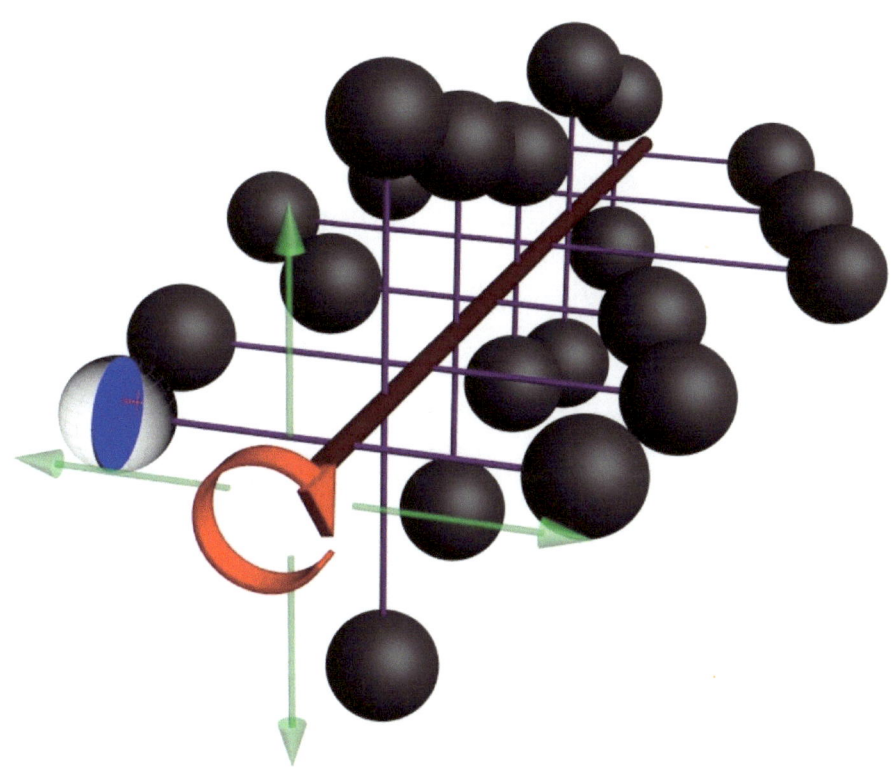

Figure 1

Dimensions

Le tronc :
Longueur : 1 121 km.
Diamètre externe : 10 118 m
Diamètre interne : 6 087 m

Les branches :
Longueur : différentes selon les mondes afin de créer des pseudo pesanteurs différantes.
Diamètre externe : 3 118 m

Diamètre des sphères : 103 km

D'aucuns s'étonneront de ne trouver aucun chiffre rond dans ces valeurs. Les dimensions données sont exprimées dans des unités de mesure humaines.

Étant donné que les concepteurs de Symbiose n'ont jamais utilisé ces dernières, il serait extrêmement improbable qu'une mesure tombe sur un chiffre rond. Pour cette raison évidente, toutes les dimensions ici données sont de proches approximations et non des valeurs précises.

Pourquoi des sphères ?

Pour une épaisseur donnée, la sphère est la forme qui offre la plus grande résistance à la pressurisation. Le sens commun le saisit aisément en imaginant les faces d'un ballon cubique qui tendraient à s'arrondir sous l'effet de la pression interne.

Pourquoi ces sphères tournent-elles autour du tronc ?

Symbiose tourne autour de cet axe, comme le montre la flèche rouge sur les figures 1 et 2.

La force centrifuge qui en résulte crée une pesanteur artificielle à l'intérieur des sphères. Comme on s'en doute, cette pseudopesanteur est dirigée vers l'extérieur, dans le sens indiqué par les flèches vertes. Le pantin rouge, debout sur le plancher équatorial que l'on voit à l'intérieur de la sphère rendue transparente, le montre bien. On le distingue mieux sur la figure 2.

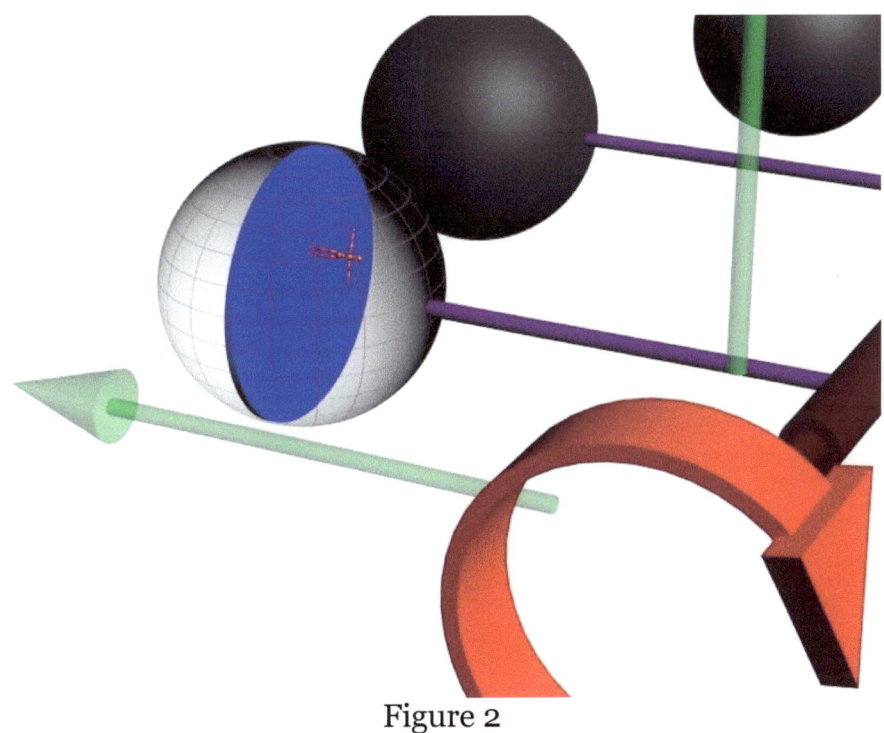

Figure 2

Mais il n'y a bien sûr pas de pantin à l'intérieur des sphères de symbiose.

Ci-dessous, voici par exemple ce que l'on pourrait voir si on ôtait la moitié de l'une d'entre elles. Vous reconnaîtrez sans peine « en bas » le Monde de Pooo et, au niveau de l'équateur, le Monde de Vouzzz.

Figure 3

C'est uniquement pour le confort de la vue que cette image est représentée dans ce sens. Nous avons en effet pris l'habitude de concevoir le bas vers le sol de notre planète et le haut vers son ciel. Vue de l'extérieur de Symbiose, elle eut pu être orientée de toutes les façons possibles, puisque, rappelons-le, le vaisseau tourne sur lui-même autour du tronc.

Voici quelques manières de se représenter la même sphère selon l'orientation et la position d'un observateur par rapport à Symbiose : (figures de 4 à 8).

Figure 4

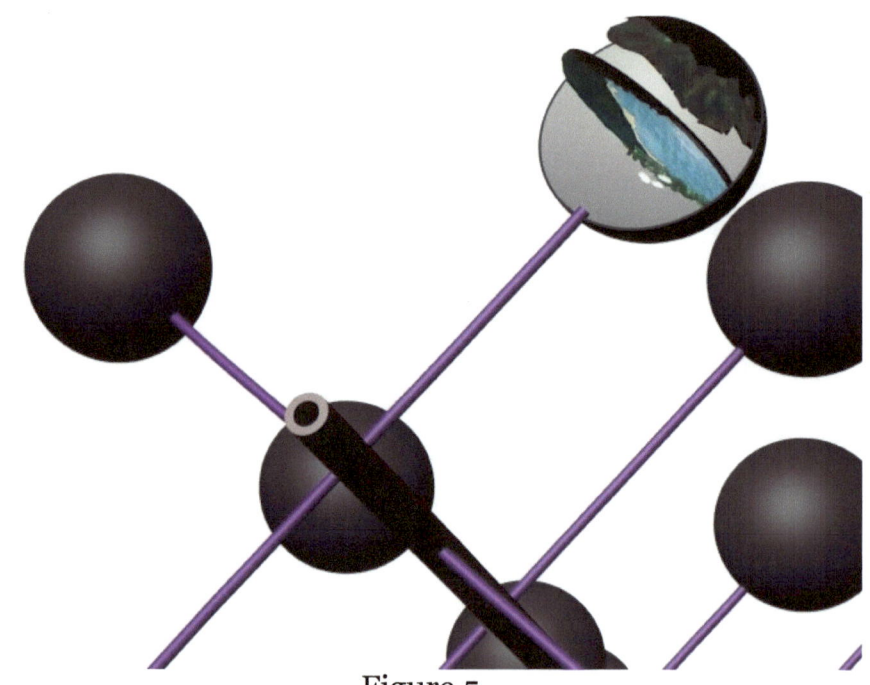

Figure 5

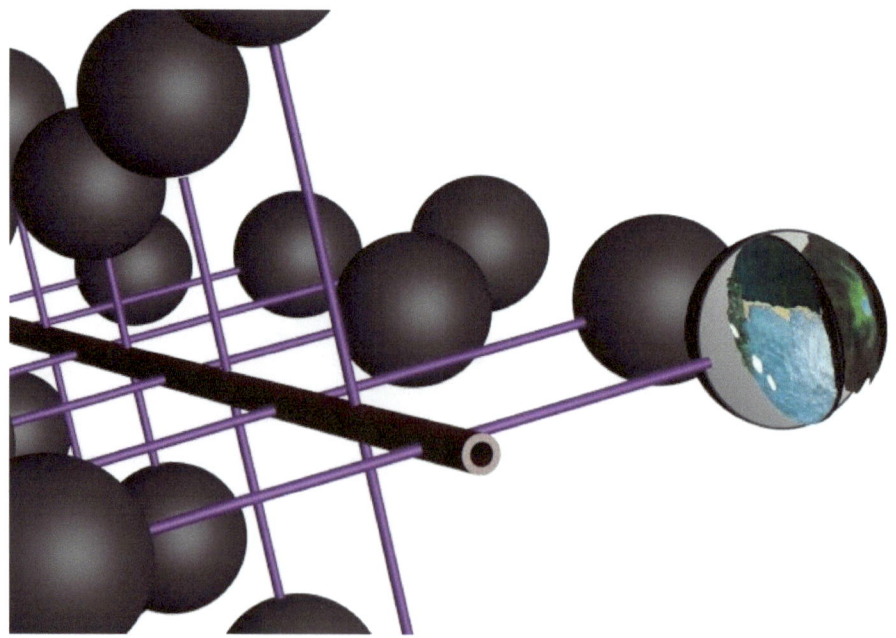

Figure 6

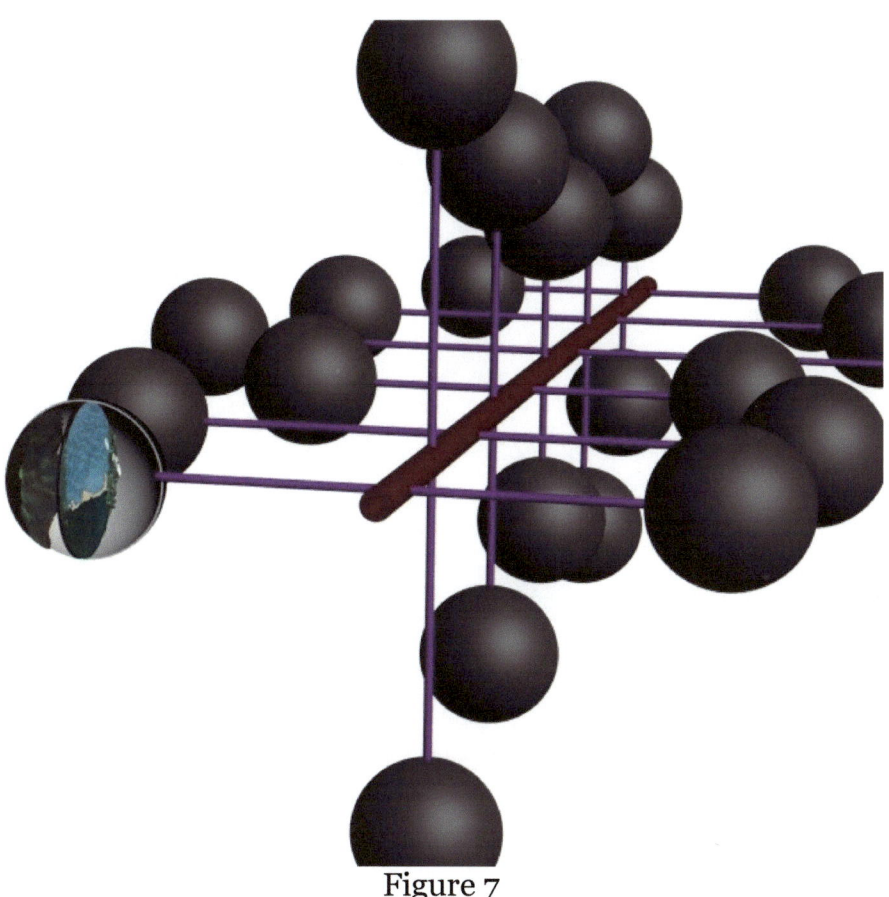

Figure 7

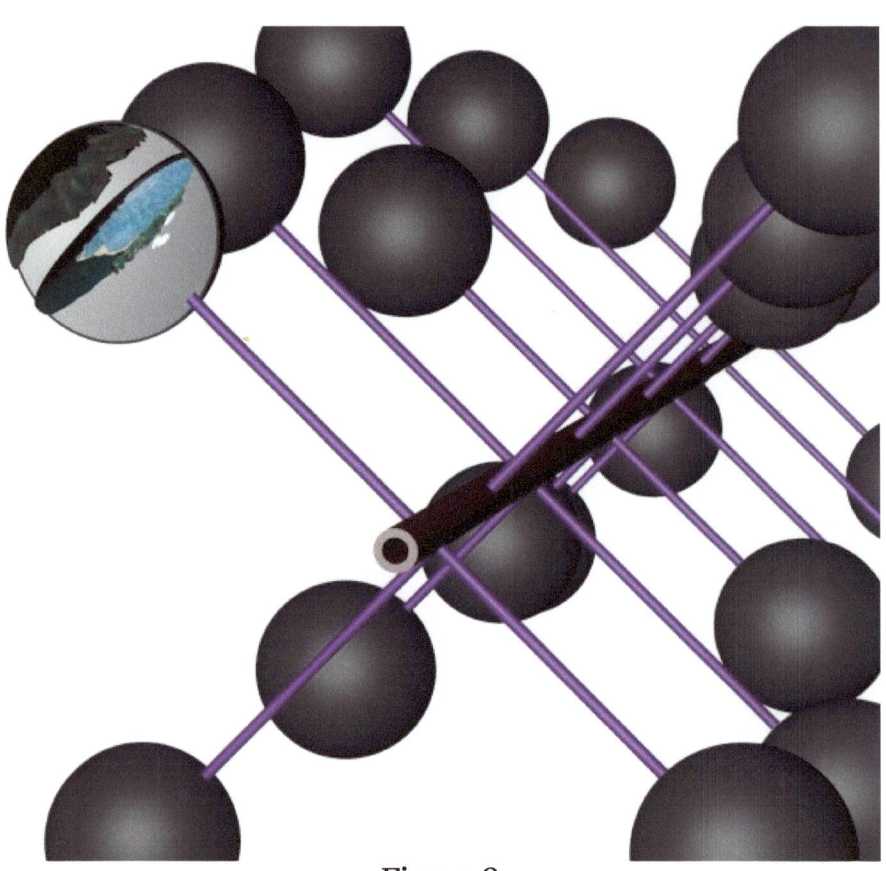

Figure 8

Pourquoi pas un grand cylindre ?

Pourquoi utiliser des sphères au bout de branches plutôt qu'un grand cylindre qui tournerait sur lui-même ?

Il est vrai qu'un cylindre tournant autour de son axe permettrait également de créer une pseudopesanteur grâce à la force centrifuge. Mais la solution des sphères au bout des branches offre en plus un avantage très appréciable. Elle permet en effet de conserver le sens de la pesanteur perpendiculaire au sol des mondes contenus dans les sphères quand Symbiose se propulse. Il suffit pour cela d'incliner les branches dans le sens opposé à celui de l'accélération, comme le montrent les figures 9 et 11.

Figure 9

Imaginons que l'axe de l'angle alpha (représenté par un disque jaune, sur les figures 10 et 11) soit libre.

Symbiose ne se propulse pas

Figure 10. Symbiose tourne autour du tronc. La force centrifuge maintient donc l'angle alpha à 90°. Les passagers ressentent une pesanteur parallèle à la branche, et donc perpendiculaire au sol, comme déjà expliqué plus haut.

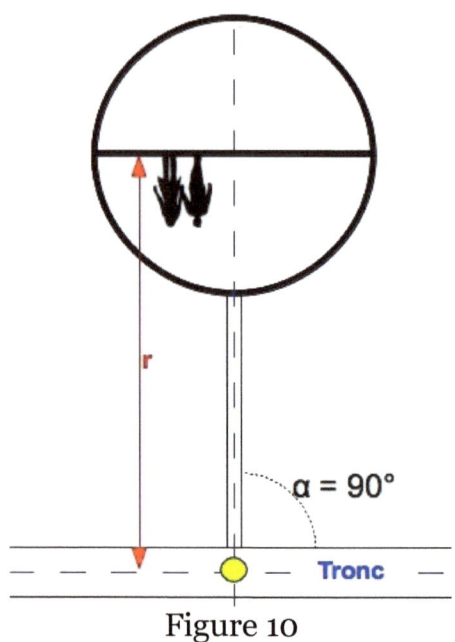

Figure 10

Symbiose se propulse

Figure 11. L'accélération va se combiner avec la force centrifuge. En résultera une force dont le vecteur sera incliné selon l'axe de l'angle alpha. Comme la branche est libre de tourner sur cet axe, elle s'orientera seule pour garder la pesanteur dans la bonne direction.

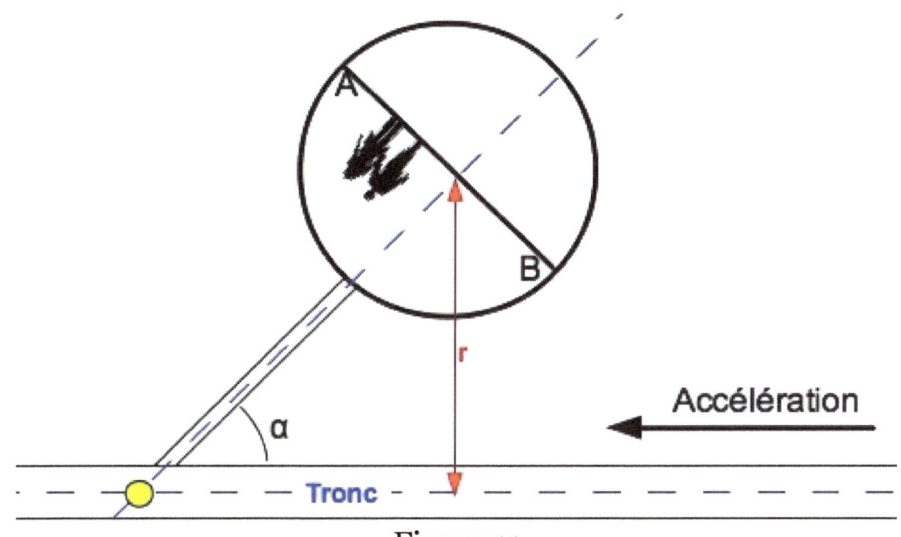

Figure 11

Il n'aura échappé à personne que « r », matérialisé par une flèche rouge, est constant en tout lieu du plancher sur la figure 10.

Ce n'est pas le cas sur la figure 11. Il en résultera une pesanteur croissante en allant de B vers A puisque la force centrifuge est proportionnelle à r. Cet inconvénient se réduit si on allonge les branches afin que le rapport entre r en B et r en A soit le plus petit possible. Pour que la verticalité soit maintenue avec une très grande précision, il suffit de faire flotter un plancher déformable sur une épaisseur suffisante de liquide. La surface de ce dernier se déformera naturellement pour conserver le vecteur pesanteur perpendiculaire en tout point.

Les liquides à l'intérieur de Symbiose

Quand Symbiose ne se propulse pas

Figure 12. Les surfaces de ses mers intérieures sont des parties de cylindre dont le rayon est égal à la distance qui les sépare de l'axe du tronc.

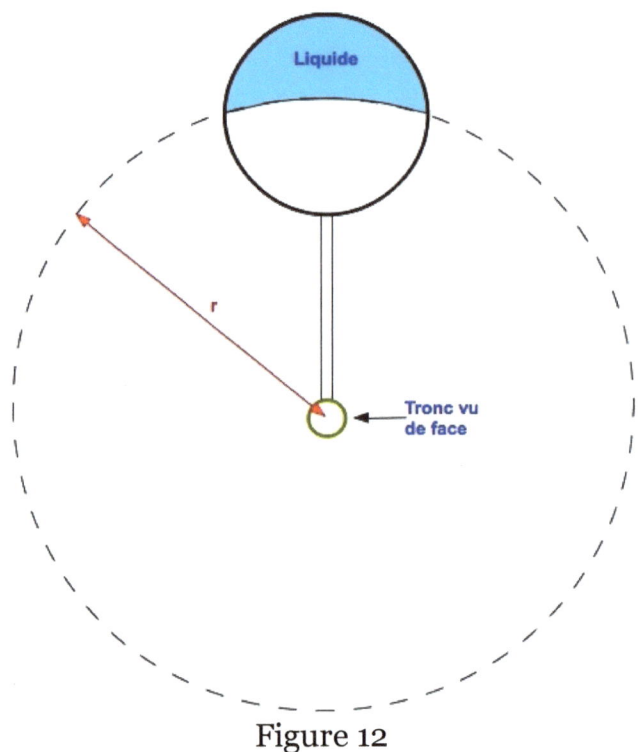

Figure 12

Quand Symbiose se propulse

Ses branches s'inclinent. Les surfaces de ses mers intérieures sont des paraboloïdes de révolution.

Soumis à un champ de gravitation, par exemple sur Terre, lorsque l'on fait tourner un récipient contenant du liquide, la surface de celui-ci est un paraboloïde de révolution. Sur la figure 13 on n'en voit qu'une section, donc une parabole.

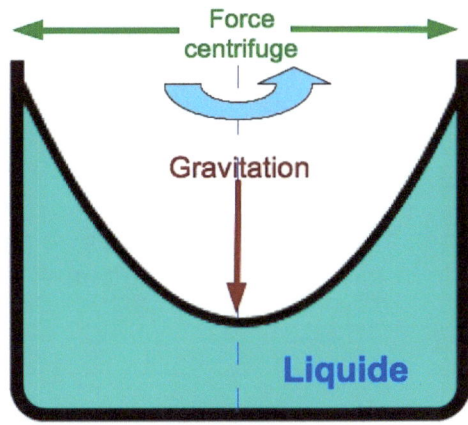

Figure 13

Selon le principe d'équivalence (proportionnalité de la masse inerte et de la masse grave), la force de gravitation dans laquelle se déroule l'expérience illustrée par la figure 13 peut représenter l'inertie quand Symbiose se propulse (figure 14).

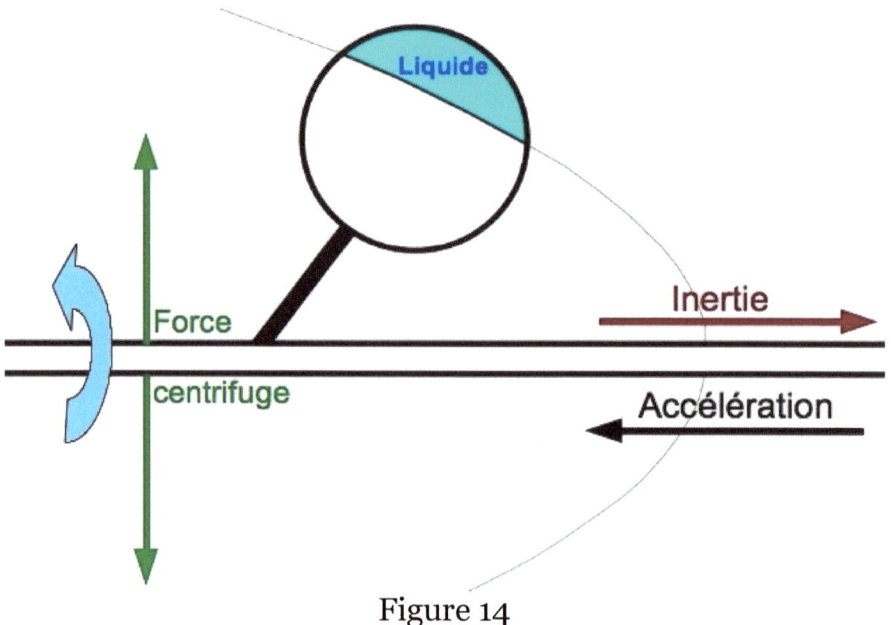

Figure 14

On voit bien, sur la figure 14, que la surface du liquide prend la forme d'une partie de la parabole de révolution visible en gris.

Les déplacements dans Symbiose

Chemin suivi par les passagers du Youri-Neil :

Quel chemin ont suivi les passagers du Youri-Neil quand ils ont découvert le Monde de Pooo dans « Il sera... IV » ?

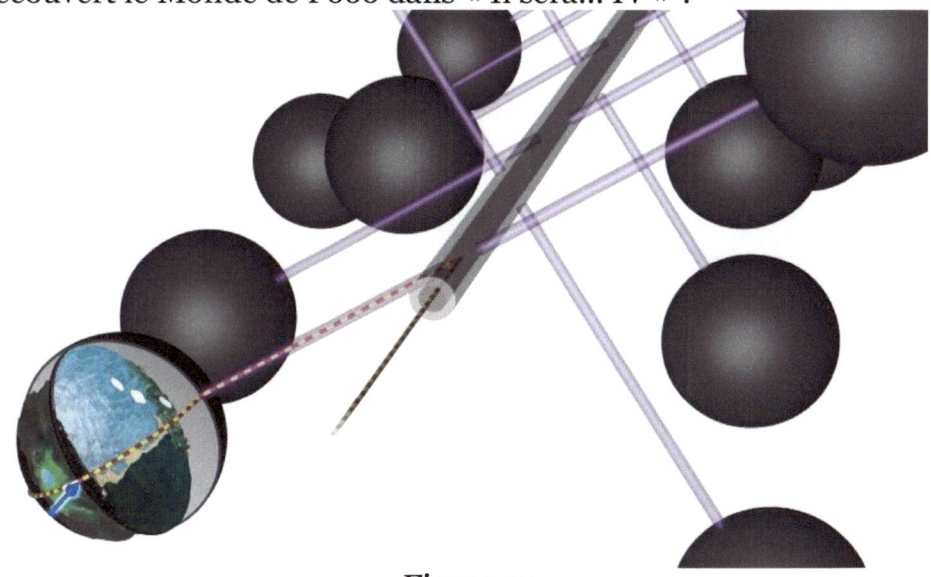

Figure 15

Sur les figures 15 et 16, le tronc et les branches ont été rendus transparents pour le montrer. La ligne en pointillés rouge et jaune indique leur trajet.

Ils sont entrés dans le tronc avec le Youri-Neil et se sont arrêtés près de l'entrée de la première branche (à gauche dans ces deux illustrations). Ils ont ensuite pris une cabine « d'ascenseur » pour descendre à l'intérieur de la branche vers le Monde de Vouzzz. Leur trajet s'est ensuite incurvé dans l'épaisseur de la sphère. Ils sont sortis de la cabine à l'équateur, à l'endroit indiqué par la flèche bleue, pour prendre un tunnel à travers la montagne qui les a conduits au-dessus de la plage.

Figure 16

Chemin suivi par Vouzzz :

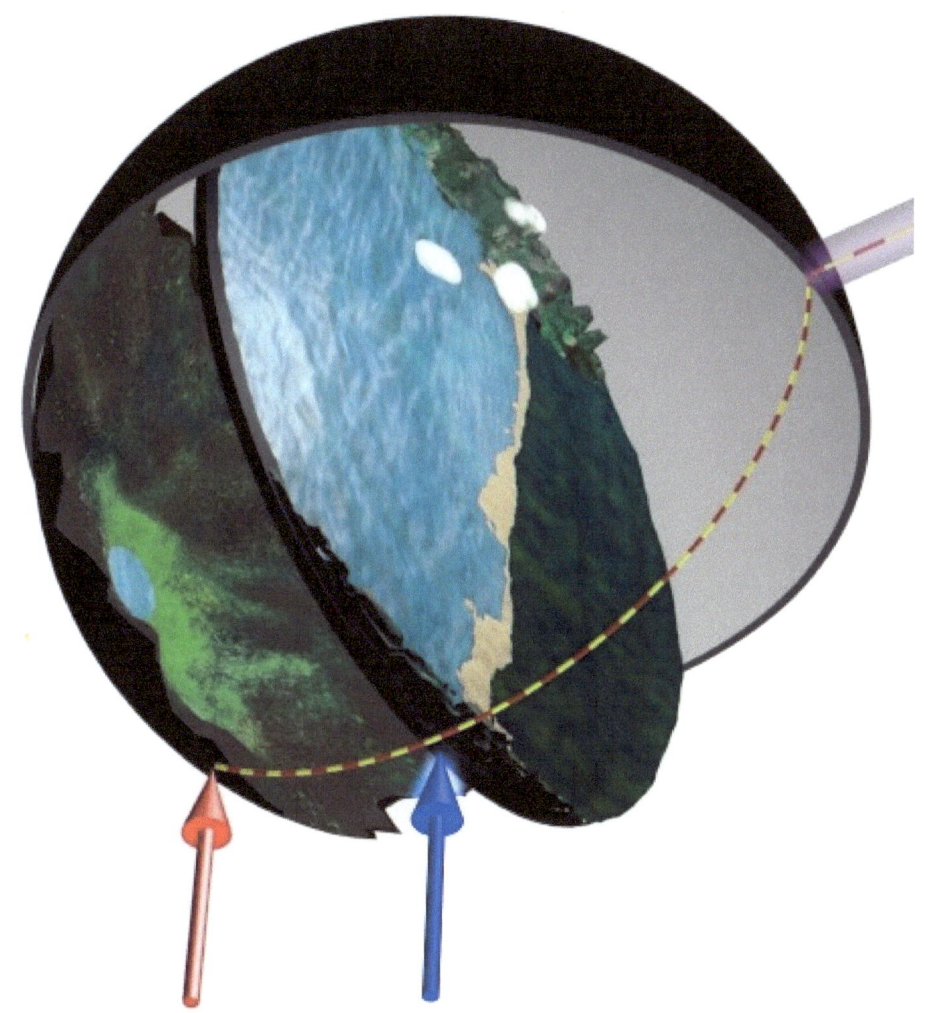

Figure 17

Après avoir gravi la montagne, Vouzzz s'est enfoncé dans un tunnel qui l'a conduit au point indiqué par la flèche rouge. De ce lieu, il a pris une cabine « d'ascenseur », se déplaçant dans l'épaisseur de la sphère, qui lui a permis d'atteindre l'endroit pointé par la flèche bleue. Là, il a suivi le tunnel à travers la montagne qui débouche au-dessus de la plage.

Force de Coriolis

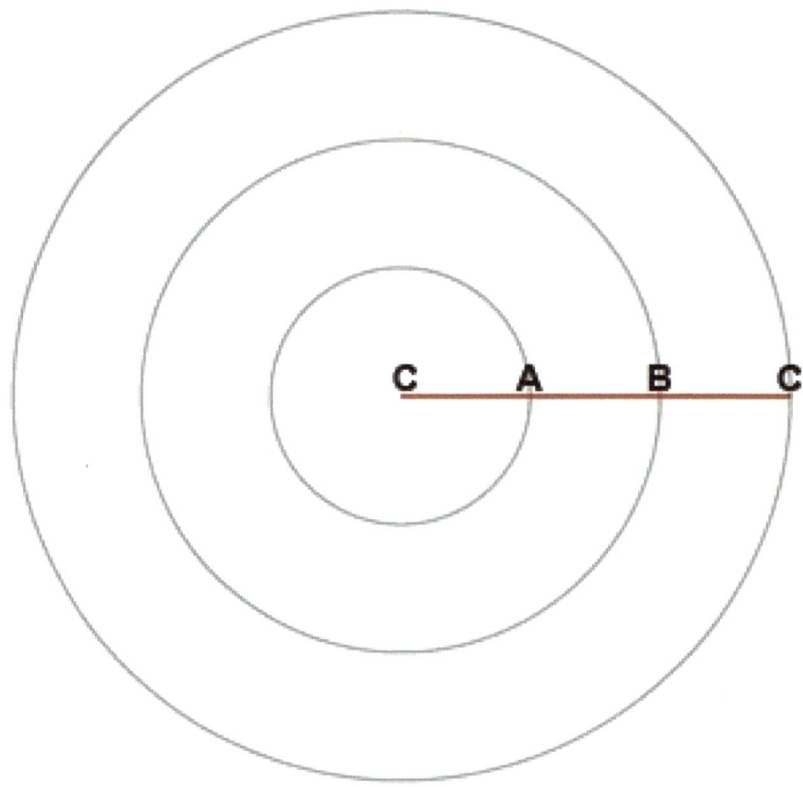

Figure 18

Explication :

Une masse qui se déplace radialement dans un référentiel en rotation subit la force de Coriolis. Le sens commun le saisit aisément au moyen d'un petit dessin que voici, figure 18.

Imaginons un disque qui tourne à vitesse constante. Une fourmi se déplace le long de la ligne rouge, dans un sens ou dans l'autre. Il saute aux yeux qu'au fur et à mesure qu'elle s'éloigne ou se rapproche du centre, la rotation du disque lui fait décrire des cercles de circonférences différentes, de plus en plus grands, en partant du centre vers le bord et de plus en plus petits, en revenant vers le centre. Puisque le disque tourne à vitesse constante, elle parcourt des circonférences plus ou moins grandes, dans un temps identique. On en déduit que sa vitesse radiale change. L'accélération ou la décélération se fait sentir par une force latérale qui est la force de Coriolis.

Il se passe le même phénomène sur terre quand on se déplace le long d'un méridien, bien qu'il faille aller suffisamment vite pour le ressentir significativement.

Quel rapport avec Symbiose ?

Quand on se déplace dans les branches de Symbiose en s'éloignant ou en se rapprochant du tronc, il se produit le même phénomène. La force de Coriolis se manifeste latéralement. La cabine de l'ascenseur est donc obligée de s'incliner pour conserver la verticalité de la pesanteur apparente (force dont le vecteur est la combinaison de la force centrifuge et de la force de Coriolis).

http://ilsera.com

Table des matières